GRACIAS TE DAMOS

Una ofrenda de los nativos americanos al amanecer de cada día

por Cacique Jake Swamp • ilustrado por Erwin Printup, Jr.

traducido por Lidia Díaz

LEE & LOW BOOKS INC. • New York

Dedico este libro a los niños de hoy
y de futuras generaciones—J.S.

A mis amigos y mi familia, que ayudaron
a que este libro fuera posible—E.P.

Text copyright © 1995 by Chief Jake Swamp
Illustrations copyright © 1995 by Erwin Printup, Jr.
Translation copyright © 1996 by Lee & Low Books, Inc.
All rights reserved. No part of the contents of this book may be reproduced
by any means without the written permission of the publisher.
LEE & LOW BOOKS, Inc., 95 Madison Avenue, New York, NY 10016

Printed in the United States of America on recycled paper

Book Design by Christy Hale
Book Production by Our House

The text is set in Globe Gothic Demi
The illustrations are rendered in acrylic on canvas

10   9   8   7   6   5   4   3   2
First Edition

Library of Congress Cataloging-in-Publication Data
Swamp, Jake
[Giving thanks. Spanish]
Gracias te damos: una ofrenda de los nativos americanos al amanecer
de cada dia/por Jake Swamp; ilustrado por Erwin Printup, Jr.; traducido por Lidia Diaz. — 1st ed.
p.   cm.
Translation of : Giving thanks.
ISBN 1-880000-46-6 (paperback)
1. Mohawk Indians—Juvenile literature. 2. Speeches, addresses, etc.,
Mohawk—Juvenile literature. 3. Human ecology—Juvenile literature.
4. Nature—Religious aspects—Juvenile literature.
I. Printup, Erwin, ill. II. Title.
E99.M8S8318 1996
299'.74—dc20   96-8140
                                                        CIP AC

NOTA DEL AUTOR

Las palabras de este libro se basan en la Ofrenda de Gracias, un antiguo mensaje de paz y agradecimiento a la Madre Tierra y a todos sus habitantes. Estas palabras de gracias nos llegan a través del pueblo nativo conocido con el nombre de *Haudenosaunee,* o también con el de *Iroqueses* o Seis Naciones: Mohawk, Oneida, Cayuga, Onondaga, Seneca y Tuscarora. Los pueblos de estas Seis Naciones son del norte del estado de Nueva York y de Canadá. Estas palabras de agradecimiento siguen siendo hoy pronunciadas en las reuniones ceremoniales o gubernamentales de las Seis Naciones.

También a los niños se les enseña a saludar al mundo todas las mañanas, dando gracias a todos los seres vivientes. Así aprenden que, de acuerdo con la tradición de los nativos americanos, todos somos parte de una gran familia. Nuestra diversidad, al igual que todas las maravillas de la Naturaleza, constituye un verdadero don por el que nos sentimos agradecidos.

P
orque ser humano es un honor,
damos gracias por todo lo que ofrece la vida.

Madre Tierra, gracias te damos por brindarnos
todo lo que necesitamos.

Profundas aguas azules que abrazan a la Madre Tierra,
gracias te damos por ser la fuerza que calma nuestra sed.

Gracias te damos, verde hierba que acaricia nuestro pie desnudo,
por el bálsamo de belleza fresca que traes al suelo de la Madre Tierra.

Gracias, preciados alimentos de la Madre Tierra
que sostienen nuestra vida y nos hacen felices
cuando tenemos hambre.

Frutos y bayas, gracias por su color y por su dulzura.
Y a las hierbas curativas también les damos gracias,
por sanar nuestras dolencias.

Gracias les damos, animales que habitan la Tierra,
por cuidar de nuestros preciosos bosques.
Y a los árboles del mundo también les damos gracias

porque nos dan su sombra y su abrigo.

Gracias, pájaros del mundo, por la alegría que nos brindan
con la belleza de su canto.

Gracias te damos, apacible brisa de los Cuatro Vientos,

por el aire limpio que respiramos.

Gracias, Abuelo Señor de los Truenos,

por traer la lluvia esencial para que todo crezca.

Gran Hermano Sol, gracias te damos por alumbrarnos

con tu luz, y a la Madre Tierra dar calor.

Gracias, Abuela Luna, por manifestarte
cada mes en todo tu esplendor,

iluminando la noche a los niños
y a las aguas cristalinas.

Gracias, estrellas brillantes,
por adornar el cielo de la noche

y por las gotas de rocío que bañan las plantas
cada amanecer.

Espíritus Protectores de nuestro pasado y nuestro presente,
gracias les damos por enseñarnos a vivir
los unos con los otros en paz y armonía.

Y sobre todo, gracias te damos, Gran Espíritu,
por entregarnos todos estos maravillosos regalos,
que nos brindan salud y felicidad día tras día.

Nuestra lengua *kaniakehaka* (Mohawk) es muy importante para nuestro pueblo, porque es a través de ella que podemos expresar nuestra identidad cultural. El texto que se transcribe a continuación, es una versión Mohawk básica de las palabras del libro, y se incluye aquí con el fin de que lectores de otras culturas puedan apreciar esta antigua lengua iroquesa en permanente evolución.—J.S.

Ohenton Karihwatehkwen Teiethinonwaratonhkhwa

Akwekon onkweshona entitewatkawe ne kanonhweratonhtsera.

Teiethinonhwaraton ne **Iethinistenha Ohontsia.**

Teiethinonhwaraton ne **Ohnekashona.**

Teiethinonhwaraton ne **Ohonteshona.**

Teiethinonhwaraton ne **Kakhwashona.**

Teiethinonhwaraton ne **Kahishona.**

Teiethinonhwaraton ne **Ononhkwashona.**

Teiethinonhwaraton ne **Kontirio.**

Teiethinonhwaraton ne **Karontashona.**

Teiethinonhwaraton ne **Otsitenokona.**

Teiethinonhwaraton ne **Kaieri Nikawerake.**

Teiethinonhwaraton ne **Ratiweras.**

Teniethinonhwaraton ne **Ahsonhthenhneka Karahkwa.**

Tentshitewanonhweraton ne **Tshitewahtsia Karahkwa.**

Teiethinonhweraton ne **Otsistohkwashona.**

Teiethinonhweraton ne **Kaieri Niionkwetake.**

Tentshitewanonhweraton ne **Shonkwaiatison.**